D0502920

Clara and the Curandera
Clara y la curandera

By/Por Monica Brown

Illustrations by/Ilustraciones de Thelma Muraida

Spanish translation by/Traducción al español de Gabriela Baeza Ventura

Piñata Books
Arte Público Press
Houston, Texas

Publication of *Clara and the Curandera* is funded by grants from the City of Houston through the Houston Arts Alliance. We are grateful for the support.

Esta edición de *Clara y la curandera* ha sido subvencionada por la Ciudad de Houston por medio del Houston Arts Alliance. Les agradecemos s apoyo.

¡Piñata Books están llenos de sorpresas!
Piñata Books are full of surprises!

Piñata Books
An Imprint of Arte Público Press
University of Houston
452 Cullen Performance Hall
Houston, Texas 77204-2004

Cover design by / Diseño de la portada por Mora Des!gn

Brown, Monica, 1969-.
Clara and the Curandera / by Monica Brown; illustrations by Thelma Muraida; Spanish translation by Gabriela Baeza Ventura = Clara y la curandera / por Monica Brown; ilustraciones de Thelma Muraida; traducción al español de Gabriela Baeza Ventura.
p. cm.
English and Spanish.
Summary: Clara's grumpiness leads her mother to take her to a neighbor who is a curandera, or healer, and although she is puzzled by her "treatment," Clara dutifully helps her neighbors, is kind to her siblings and reads more books for a week.
ISBN 978-1-55885-700-1 (alk. paper)
[1. Behavior—Fiction. 2. Healers—Fiction. 3. Family life—Fiction. 4. Spanish language materials—Bilingual.] I. Muraida, Thelma, ill II. Ventura, Gabriela Baeza. III. Title. IV. Title: Clara y la curandera.
PZ73.B68562 2011
[E]—dc22 2010054216
CIP

♾ The paper used in this publication meets the requirements of the American National Standard for Permanence of Paper for Printed Library Materials Z39.48-1984.

Printed in Hong Kong in April 2011–June 2011 by Paramount Printing
12 11 10 9 8 7 6 5 4 3 2 1

To my sweet nephew Noah
—MB

To Daniel, Graciela, Laura and Danny, with love
—TM

Para mi encantador sobrino Noah
—MB

Con cariño para Daniel, Graciela, Laura y Danny
—TM

Once there was a little girl named Clara, who was grumpy.
She was grumpy about having to take out the trash.
She was grumpy about having to share her toys with her seven brothers and sisters.
She was grumpy about having to read one book a week for her reading journal at school.

Había una vez una niña que se llamaba Clara y era muy enojona.
Se enojaba porque tenía que sacar la basura.
Se enojaba porque tenía que compartir sus juguetes con sus siete hermanos y hermanas.
Se enojaba porque tenía que leer un libro por semana para su diario de lectura en la escuela.

Finally, after seeing Clara frown one too many times, Mami said, "Enough! It's time to see the *curandera* who lives in apartment 220. She is very wise, and you must ask her what to do. Go!"

Grumpily, stormily, unhappily, Clara went.

Después de ver a Clara fruncir el ceño demasiadas veces, Mami dijo —¡Basta! Ya es hora de que vayas a ver a la curandera que vive en el apartamento 220. Es muy sabia, y debes preguntarle qué debes hacer. ¡Ándale, vé!

Enojada, furiosa y triste, Clara se marchó.

The door to apartment 220 was open. Clara walked in and smelled candles and cookies.

"Sit, Clara," the *curandera* said smiling. "I hear you have been rather grumpy. Can you tell me why this is?"

"I'm tired of not having any space or time to myself," Clara said with a frown.

The *curandera* took her hand and looked in her eyes.

La puerta del apartamento 220 estaba abierta. Clara entró y le dió olor a velas y galletas.

—Siéntate, Clara —dijo la curandera sonriendo—. Oí que has estado muy enojada. ¿Me puedes decir qué te pasa?

—Estoy cansada de no tener ni mi propio espacio ni mi propio tiempo —dijo Clara con el ceño fruncido.

La curandera le tomó la mano y la miró a los ojos.

“Clara, this is what you must do. For the next week, I want you to take out your own trash, but I want you to take out Señora García and Señora Chávez’s trash, too. Second, I want you to *give* all your favorite toys to your sisters and brothers. Finally, I want you to read not just one book this week, but five. Can you do this for me?”

Clara was surprised and upset but she didn’t want to disobey, so she said, “Yes.”

—Clara, te voy a decir lo que tienes que hacer. Quiero que la próxima semana no solo saques la basura de tu casa, sino la de Señora García y la de Señora Chávez también. Además quiero que les *regales* todos tus juguetes favoritos a tus hermanas y hermanos. Finalmente, quiero que leas, en vez de uno, cinco libros esta semana. ¿Puedes hacer esto para mí?

Clara estaba sorprendida y molesta pero no quería ser desobediente, por eso dijo —Sí.

It was a very busy week for Clara. The hardest part was giving away her toys. She gave her little sister Ana her favorite stuffed cheetah and her brother Miguel her soccer ball. She gave her twin sisters her jump rope and her brother Juan a game of checkers. Her big brother Pedro got her Legos, and, hardest of all, she gave little Tina her favorite doll.

Fue una semana muy atareada para Clara. La parte más difícil fue el tener que regalar todos sus juguetes. A su hermanita Ana le regaló su peluche favorito, un guepardo, y a su hermano Miguel le dio su balón de fútbol. Sus hermanas gemelas recibieron su cuerda de saltar y su hermano Juan las damas chinas. Su hermano mayor, Pedro, se quedó con sus Legos, y, lo más difícil de todo fue darle a la pequeña Tina su muñeca favorita.

Her brothers and sisters were so happy that they were extra nice.

"Come play with us, Clara!" they said.

She spent the week jumping rope with the twins, playing checkers with Juan and Legos with Pedro. The whole family played soccer together after dinner, and before bed, little Tina whispered, "Clara, you're the nicest big sister in the whole wide world."

Sus hermanos y hermanas estaban tan contentos que fueron más amables con ella.

—¡Ven a jugar con nosotros, Clara! —le dijeron.

Se pasó toda la semana saltando la cuerda con las gemelas, jugando a las damas chinas con Juan y a los Legos con Pedro. Toda la familia jugó fútbol después de la cena, y antes de ir a dormir, la pequeña Tina le susurró —Clara, eres la hermana mayor más buena de todo el mundo.

When Clara wasn't playing, she was taking out the trash for her family and her neighbors. Señora Chávez and Señora García were very thankful. Señora García gave Clara big warm hugs and Señora Chávez said, "You are such a sweet girl."

Clara felt happy, though she wasn't sure why.

Cuando Clara no estaba jugando, estaba sacando la basura de su familia y la de sus vecinos. Las señoras Chávez y García estaban muy agradecidas. Señora García le dio grandes y cálidos abrazos y Señora Chávez le dijo —Eres una niña muy dulce.

Clara se sentía feliz aunque no sabía por qué.

222
221

Clara's Mami took her to the library to find books she really liked. Clara found books about birds and butterflies and cheetahs and fish. She read them, and guess what? She liked them! Clara decided that she might want to be a veterinarian when she grows up.

Mami said, "Clara, I haven't seen you frown once this whole week!"

La mami de Clara la llevó a la biblioteca para sacar los libros que quisiera. Clara encontró libros sobre pájaros y mariposas y guepardos y peces. Los leyó, y adivina qué pasó. ¡Le gustaron! Clara decidió que tal vez sería veterinaria cuando creciera.

Mami le dijo —Clara, ¡no te he visto fruncir el ceño ni una sola vez esta semana!

BIRDS

Clara went back to the *curandera*'s apartment at the end of the week.

"That wasn't too bad," she said. "I don't think I've had time to be grumpy!"

The *curandera* looked deep into her eyes and smiled. "Very good. Now you can stop taking out everyone's trash and you can stop reading one book a day. Also, I have a present for you." She gave Clara a brand new doll with brown curls and a pretty velvet dress. "This is just for you. You don't have to share her if you don't want to."

Clara left the *curandera*'s house, surprised and more confused than ever.

Clara regresó al apartamento de la curandera al terminar la semana.

—No estuvo mal —dijo. ¡Ni siquiera tuve tiempo de enojarme!

La curandera la miró a los ojos y sonrió. —Muy bien. Ahora puedes dejar de sacar la basura de todos y de leer un libro por día. También te tengo un regalo. —Le dio una muñeca nueva con el cabello café y rizado y con un vestido de lindo terciopelo—. Esta muñeca es solo para ti. No la tienes que compartir si no quieres.

Clara salió de la casa de la curandera sorprendida y más confundida que nunca.

It was a very strange week. Clara only took out her own family's trash, read only one book and didn't share her new doll with her brothers and sisters. It seemed like she had lots of time and space to herself and hardly any chores at all. But guess what? Clara felt grumpy . . . and even a little sad.

Fue una semana muy extraña. Clara solo sacó la basura de su familia, leyó solo un libro y no compartió su muñeca nueva con sus hermanos y hermanas. Ahora tenía mucho tiempo y espacio, pues casi no tenía quehaceres. Pero, adivina qué pasó. Clara se sintió molesta y hasta un poco triste.

She thought of the *curandera* and realized what was wrong. She missed taking out the trash for Señora García and Señora Chávez! At least she missed their hugs and warm smiles and the special way they made her feel. She decided to keep taking out their trash.

Pensó en la curandera y se dio cuenta de lo que estaba mal. ¡Clara extrañaba sacar la basura de las señoras García y Chávez! Echaba de menos sus abrazos y sonrisas cálidas y la manera en que la hacían sentir especial. Decidió que seguiría sacando su basura.

Clara missed reading so many books about animals, and she missed going on adventures with the characters in her books.

Finally, Clara asked Mami, “Will you take me to the library again? If I’m going to be a veterinarian, there’s a lot more I have to read!”

“Of course,” Mami said with a smile.

Clara extrañaba leer tantos libros sobre animales y echaba de menos las aventuras que emprendía con los personajes de sus libros.

Al final, Clara le preguntó a Mami —¿Me llevas a la biblioteca otra vez? Si voy a ser veterinaria, ¡tengo mucho que leer!

—Por supuesto —dijo Mami con una sonrisa.

Most of all, Clara missed sharing and laughing and playing with her brothers and sisters. So guess what? She asked little Tina if she wanted to play dolls and everyone else if they wanted to have a soccer game after dinner. They all said yes! Clara was happy.

She ran down the hall to thank the *curandera* and tell her what she had learned.

Sobre todo, Clara extrañaba compartir y reír y jugar con sus hermanos y hermanas. ¿Adivina qué hizo? Le preguntó a la pequeña Tina si quería jugar a las muñecas y a todos los demás si querían jugar un partido de fútbol después de la cena. Todos dijeron que ¡sí! Clara estaba feliz.

Corrió por el pasillo para darle las gracias a la curandera y platicarle lo que había aprendido.

220

But when she got there, the *curandera* was busy talking to naughty Nicolás from down the hall.

Pero cuando llegó, la curandera estaba muy ocupada hablando con el travieso Nicolás que vivía al final del pasillo.

Monica Brown is the author of numerous award-winning books for children, including *Pab Neruda: Poet of the People* (Henry Holt & Co., 2011), *Side by Side: The Story of Dolores Huerta ar César Chávez / Lado a lado: La historia de Dolores Huerta y César Chávez* (Rayo/HarperCollins, 201(*Butterflies on Carmen Street / Mariposas en la calle Carmen* (Piñata Books, 2007) and *My Name Celia: The Life of Celia Cruz / Me llamo Celia: La vida de Celia Cruz* (Luna Rising, 2004), winner of th Américas Award for Children's Literature and named a Pura Belpré Honor Book. When she is nc writing, she teaches Latino/a literature at Northern Arizona University in Flagstaff.

Monica Brown es autora de un sinnúmero de libros infantiles reconocidos como, *Pablo Nerudc Poet of the People* (Henry Holt & Co., 2011), *Side by Side: The Story of Dolores Huerta and Césa Chávez / Lado a lado: La historia de Dolores Huerta y César Chávez* (Rayo/HarperCollins, 2010 *Butterflies on Carmen Street / Mariposas en la calle Carmen* (Piñata Books, 2007) y *My Name Is Celic The Life of Celia Cruz / Me llamo Celia: La vida de Celia Cruz* (Luna Rising, 2004), ganador del Américas Award para literatur infantil y nombrado Pura Belpré Honor Book. Cuando no está escribiendo, Monica enseña literatura latina de los Estado Unidos en Northern Arizona University en Flagstaff.

Thelma Muraida is an accomplished designer and artist. She has designed several book covers and illustrated articles for national publications. Her unique combination of skills enables her to work across a broad range of art, illustration, design media and print publications. She currently lives in San Antonio, Texas, with her husband and two dogs. Art, music and dance are always alive in their home, and their three children have grown to appreciate and incorporate it well into their lives.

Thelma Muraida es una diseñadora y artista consumada. Ha diseñado varias portadas e ilustrado artículos para publicaciones nacionales. Su combinación única de destrezas le permite trabajar con un amplio número de publicaciones, arte, ilustraciones y diseño. En la actualidad vive en San Antonio, Texas, con su esposo y sus dos perros. El arte, la música y el baile siempre están presentes en su hogar, y sus tres hijos lo han apreciado e incorporado en sus vidas.